遥远的路程
经过这里

喻森蝶 著

长江出版传媒　长江文艺出版社

图书在版编目（CIP）数据

遥远的路程经过这里 / 喻森蝶著. -- 武汉：长江
文艺出版社，2020.12
ISBN 978-7-5702-1822-6

Ⅰ. ①遥… Ⅱ. ①喻… Ⅲ. ①诗集－中国－当代
Ⅳ. ①I227

中国版本图书馆 CIP 数据核字(2020)第 173450 号

责任编辑：王成晨   责任校对：毛 娟
封面设计：尤 希   责任印制：邱 莉   王光兴

出版：长江出版传媒   长江文艺出版社
地址：武汉市雄楚大街 268 号   邮编：430070
发行：长江文艺出版社
http://www.cjlap.com
印刷：武汉市首壹印务有限公司

开本：880 毫米×1230 毫米   1/32   印张：9.625   插页：1 页
版次：2020 年 12 月第 1 版   2020 年 12 月第 1 次印刷
行数：5333 行

定价：39.00 元

自 序

在诗之外，没有文字。
以诗之名，有此诗集。

目　录

辑一　我想在春天爱上一个善良的人

漂白剂 / 003　爱情诗 / 004　爱 / 005　独角戏 / 006

蝉 / 007　夜里写诗 / 008　我想 / 009　姐姐 / 010

日月说 / 011　调皮的孩子 / 012　天使 / 013　山民 / 015

喜剧 / 016　客子是客子的情人 / 017　守望 / 018

悲剧时代 / 019　尴尬 / 020　成长之路 / 021　孤独之王 / 022

熟悉的陌生人 / 023　等待 / 024　客子 / 025　夜美人 / 026

起风了 / 027　在远方 / 028　蝴蝶梦 / 029

假如我是一片云 / 030　宿缘 / 031　相倾 / 033

你是我的王子 / 034　缘 / 036　小姑娘穿着束腰长裙走来 / 037

樱花真美 / 038　生活是甜的 / 040　候车室 / 041

水妹妹 / 042　西风冷 / 043　初见 / 044　诗梦远 / 045

黑夜 / 046　水 / 047　多久 / 048　初恋 / 049

夜行成都 / 050　路过成都 / 051　妖怪 / 053

爱情与婚姻 / 054　路向远方去 / 055　爱情角色 / 056

我爱你 / 057　浪子 / 058　十月 / 059　此生最好 / 060

风 / 061　路过你的路 / 062　劫难 / 063　成都的雨 / 064

美之殇 / 065　名字 / 066　此刻 / 067　夜是永恒的看客 / 068

古老的爱情故事 / 069　陌生的影子 / 070　等风来 / 071

小草 / 072　演一场意外 / 073　不期而来 / 074　残缺 / 075

沙漠 / 076　爱情游戏 / 077　安静的暧昧 / 078

认真与耐心 / 080　方块字 / 081　爱情 / 082

零零后过家家都玩真的 / 083　我们要做多少好事才能相遇 / 084

喜欢 / 085　钉子 / 086　我有一颗心 / 087　我是童话 / 088

我的一生 / 089　骗一个姑娘 / 090　梦游记 / 091

最远的地方 / 093

辑二　我骑着梦的天马驰来

对妈妈说的话 / 097　夜郎 / 098　我骑着梦的天马驰来 / 099

遥远的路程经过这里 / 101　浮萍 / 104　那时你还年幼 / 105

小贞，甜酒好不好吃 / 106　远和近 / 107　玩 / 108

农民 / 109　小迷 / 110　故乡或远方 / 112　南风 / 114

写给假想的孩子 / 115　故乡 / 117　沙尘暴 / 118

不小心把自己弄丢了 / 119　暴君 / 120　童年 / 121

小时候怕鬼 / 122　以疯子为榜样 / 123　华山一游 / 124

童话 / 125　坏人 / 126　夜郎风 / 127　普定人 / 128

杜鹃 / 129　爸爸的眼泪 / 130　心中的那轮月亮 / 131

天书 / 132　亮光光 / 133　算命 / 134

每个人的故乡都在沦陷 / 135　爷爷奶奶外公外婆 / 136

二十块钱 / 137　哥哥的零花钱 / 138　此时 / 139　自由 / 140

数学 / 141　夜郎的山 / 142　小花 / 143　妈妈 / 144

关心 / 145　手机的距离 / 146　开心的事 / 147　犯 / 148

诗歌 / 149　野诗 / 150　马场奇石 / 151　云朵 / 152

小世界 / 153　雪人 / 154　疯狗 / 155　此刻多好 / 156

山路 / 157　他的家得有多远啊 / 158　流浪 / 160　厨师 / 161

诗论 / 162　向日葵 / 163　他人即地狱 / 164　南国恨 / 165

肉包子 / 167　我的故事 / 168　写作 / 169　残疾 / 170

小地方 / 172　从众 / 173　今夜谁来爱我 / 174

孤独是一杯美酒 / 176　不知天高地厚 / 177

爱就牵手一起走 / 179　给我一双翅膀 / 181　坏小孩 / 182

非如此不可 / 184　流殇 / 186　英雄泪 / 188

我们这样胡闹 / 190　要对自己好 / 191　远方的姑娘 / 193

辑三　守望人类和平的家园

一生 / 197　如果我死了 / 198　虚度 / 200　太阳死了 / 201

海子 / 202　天问 / 203　谁都有共享阳光和雨露的机会 / 204

写自己的诗 / 206　太阳照到我了 / 207　空城 / 208

归途 / 209　人 / 210　人类在等待什么奇迹 / 211

无可奈何花落去 / 212　埋下一粒种子一样埋下我 / 213

伤逝 / 214　致袁熙斌老师 / 215　诗人与诗 / 216　路过 / 217

穷人 / 218　歌舞升平 / 219　月亮 / 220　路 / 221

秕子与谷子 / 222　学史的目的 / 223　方所思 / 224

诗人之死 / 225　蚊子 / 226　无爱的人类 / 227

幸福的闪电 / 228　诗人没有爱情 / 229　死亡 / 230

写诗的理想 / 231　生存 / 232　在路上 / 233　普通人 / 234

烟 / 235　　睡醒了 / 236　　距离 / 237　　刺猬 / 238　　宇宙 / 239

一个人 / 240　　红尘 / 241　　如来 / 242　　历史 / 243

生死 / 244　　生命 / 245　　轮回 / 246　　一生要做的事 / 247

我算什么人 / 248　　雾霾的好处 / 249　　最后 / 250　　真理 / 251

谬误 / 252　　生与死 / 253　　吃货的哲学 / 254

张老师的苦 / 255　　忍 / 256　　幻想 / 257　　幸福的孩子 / 258

花香 / 259　　灵魂的衣裙 / 260　　松树 / 261　　一棵树 / 262

我猜她应该过得不好 / 263　　毛巾传奇 / 264　　吃 / 265

芳华 / 266　　不幸 / 267　　死得不是时候 / 268　　菩萨 / 269

太阳 / 270　　风雨记 / 271　　生存 / 272　　欠揍的开关 / 273

十年我们都在 / 274　　我不出名的原因 / 276　　云 / 277

另外的人 / 278　　酿酒师 / 279　　青春的痛 / 280

我已经把你爱了 / 281　　人生的路 / 282　　我是诗氓 / 283

我的名字 / 285　　不怀好意 / 286　　自画像 / 287

苦难的答案 / 288　　游戏和诗 / 289　　一切都会过去 / 290

由南京大屠杀想到的 / 291　　无处安身的红尘 / 292

我走到了人类的尽头 / 293　　生命 / 295　　诗人 / 296

致海子 / 297　　墓志铭 / 298

辑一

我想在春天爱上一个善良的人

漂白剂

明天
我要去买漂白剂
把忧愁烦恼漂白后
在上面写诗作画
为你留白

爱情诗

我写好一首爱情诗
却不知要投给谁
把它撕碎扔风里
管它去爱谁

爱

小花爱上蝴蝶
与蝴蝶迎风起舞
于是坠落在尘土

独角戏

习惯了一个人的日子
无论演什么
自己都是主角

蝉

我是一直在歌唱的蝉，
人们却说我不知所云。
其实我只说了一件事，
既然死亡已经注定，
既然什么都不能带走，
那就索性留下些什么，
唱响一支关于爱的歌，
等待一位解语的人。

夜里写诗

夜啊，
无人和你说话的时刻，
最美，
我除了写诗，
找不到其他有意义的事，
写诗的时候，
我就会想起你。

我　想

我想把所有季节，
都叫作春天，
尽管我知道，
它们不都是春天，
我想叫出春天的希望。

我想把所有女人，
都叫作姐姐，
尽管我知道，
她们不都是我的姐姐，
我想叫出人间的温暖。

我想在黑暗中呼唤光明，
我想在邪恶里呼唤正义，
我想在冷漠中呼唤温情，
我想在春天爱上一个善良的人。

姐　姐

你是我的姐姐，
你招一招手，
让我在陌生的人群中，
发现自己并不孤独。

你不是我的姐姐，
你走你的路，
你很快消失在人海里，
我还在孤独的路口，
手持一壶酒。

日月说

太阳对月亮说，
跟我走吧，
我知道，
你孤独太久了。

调皮的孩子

天下着雨了。
云在哭泣吗？
谁欺负她了？
风吹得凶吧？
雷打得恶呢？

不，不。
风为她擦泪。
雷为她伸张。
那谁欺她了？

一定是调皮的孩子，
欺负了路边的野花，
或是，
吓跑了戏舞的蝴蝶。

天　使

天使
自然是在天堂
人间
没有天使
只有那古老的传说

人们说，天使
长着洁白的翅膀
而我
却披着一身黑衣
坠入人间

我不懂你们的语言
看着你们来了
不知说了什么
演绎七情六欲
有时剑拔弩张
都道是江山美人好
可抱怨地走了

你们开始说

我不是人

是的，我和你们来自不同的世界

不食人间烟火

去远方

山 民

山的那边是什么
山的那边依然是山
山那边的那边呢
那边的那边依然是山
……
山民只看见对面是山
看不到外面是海

喜　剧

我不是悲剧
是未完成的遭遇

客子是客子的情人

当客子不爱客子时
客子很孤独
没有朋友
也没有情人

客子注定流浪
客子注定要作诗
喜欢逐浪追月
喜欢梦里的天堂

一个客子孤独时
天堂的客子来和他做伴
地狱的客子来给他诵诗
山村的客子来了
都市的客子来了
国外的客子来了
外星的客子来了
史前史后的客子也来了
所以客子并不孤独
客子是客子的朋友
客子是客子的情人

守 望

天空飘过一朵云
流下一滴眼泪
谁知她的忧伤

她的眼泪掉进我眼里
迅速从眼角滑落

独自站在麦田
伴着麦苗的清香

悲剧时代

没有一个时代是适合爱情的
正如没有一个时代适合诗人一样
诗人永远属于历史
爱情永远属于故事
活着的诗人是不幸的
现实的爱情是悲剧的

尴 尬

我以为自己死了
不知死了多久
可是你却突然给我打电话
使我意识到
自己好像还活着
我不知道该相信
什么是真的

成长之路

小时候
盼望着赶快长大

长大了
希望回到小时候

但岁月风干了退路

孤独之王

也许我的城墙太深
你走不进来
我也走不出去

便独自一人
在自己的宫殿里
做一个孤独的王

熟悉的陌生人

大家都在寻找知己
但我们却不知道别人
最后才发现
我们都是熟悉的陌生人

等　待

我等的人没来
等我的人已走

然后
我离开了

剩下等待
在等待

客　子

你来自何方
将归于何处
没有人知道

不管是神造人
还是进化论
都是不同的假说

在这路的当口
无论你我他
都是客子

夜美人

夜那么美
风徐徐吹
你迎面而来
衣袂飘飘
秀发纷飞

起风了

垂杨舞动
水上涟漪正美

春风十里
衣袂与秀发纷飞

起风了
爱情要努力去追

在远方

不管春夏秋冬
东南西北
不管山河湖海
国家、民族与信仰

让全世界所有兄弟姐妹
都在远方相遇
在远方拥抱在一起
在远方生儿育女

蝴蝶梦

除了诗歌
我一无所有

我随时准备好
乘着风
与蝴蝶来一场美丽的邂逅

假如我是一片云

假如我是一片云
我一定保持积极的姿态
让所有绝望的人
看到我
都会看到希望的曙光
坚定生活的信念

当你们累了
我就飞来带给你们一片阴凉
当你们在红尘中风尘仆仆
我就洒下一阵清雨
洗涤你们身上的风尘

可惜啊
我不是一片云
却是红尘中身心疲惫的人
我没有天上的一片云

宿　缘

亲爱的
我朝思暮想的人儿
为什么来到这世界
我俩要暂时分离

你是在和我玩捉迷藏
让我找得好累
想得好苦
难道是在考验我对你的期待

没有你的岁月
我是不快乐的
因为你知道
我只有在你怀里才能安然入眠

我亲爱的人儿
不要让我找得太苦
我怕错过宿世情缘
那样我将无法入眠

而我多么期待

你怀里的温柔和馨香
看到你
我就会忘掉尘世的一切忧伤

你亲爱的
不要让我找得太苦
你也寂寞不快乐
还有太多优美的故事
我们要一起分享

相 倾

姑娘
你在春天奔飞
伴着花的清香
可麝兰哪比
你装扮的花季

随风起舞的素裙
蝴蝶点缀
你的笑意
我已沉醉

姑娘
请别管前世的根慧
谁叫我相逢你纯真的美丽
你的天幽锁住我的味

你是我的王子

一个美丽的王国
一座漂亮的城堡
一匹英俊的白马
一位迷人的王子
小时候的童话故事
王子和公主幸福地生活在一起
童话里的世界很美，没有忧伤
我的世界也很美
我是你童话里的公主
天真善良

我是一个快乐的公主
因为你是我的王子
黑夜里的保护天使
你给我建筑的童话
比我想象的都还完美

我不相信急功近利的社会
物欲横流的世界
我不相信谣言
一直在你的童话里快乐地活着

将来也是，一个快乐的公主

你是我唯一的王子
黑夜里的保护天使
我是你唯一的公主
一直在你的童话里快乐地活着
有我这个美丽善良的公主
你的童话才会完美

我不相信急功近利的社会
物欲横流的世界
我不相信谣言
一直在你的童话里快乐地活着
将来也是，一个快乐的公主
你是我唯一的王子
我是你唯一的公主
王子和公主幸福地生活在一起

缘

不知从哪一天
开始期待
在陌生的世界
狭窄的乡间小路
一转身和你相遇
只你和我
相视良久
如久违的朋友

小姑娘穿着束腰长裙走来

一只蝴蝶飞来
振着双翼彩翅
迷恋路边的野花
翩跹不肯离开

小姑娘穿着束腰长裙走来
害怕打破美丽的瞬间
亭亭玉立桃花下
恋恋忘了离开

似乎一切都静止了
突然一阵风吹来
吹乱了姑娘的裙裾头发
桃花盈盈飘撒

樱花真美

春天开了
牙尖儿上的花
似乎来得早一点
我却走了三个季节
仍没走出自己的住宅

是风送来春暖花开的味道
我才从三个季节中醒来
好像春天到了
阳光没有欺骗我的眼睛
窗外的樱花真的开了

出去看看吧　我对自己说
樱花开得真美
一位姑娘迎面走来
衣袂飘飘　秀发纷飞
抢走了春天的美

我突然抱住樱花下的姑娘
抱住所有春天的美
我知道我的爱情必然惨败

只愿死在姑娘的手里

在花开的季节　樱花真美

生活是甜的

每天吃一颗糖
告诉自己
生活是甜的

每天想你千万遍
夜深人静
梦是美的

候车室

有人来了
有人走了
来自何方
去往何处
彼此不知道
只知道我们在这里相遇

你的车没到
我的车没到
你坐下来等车
我坐下来等车

水妹妹

妹妹
你是水
你是山溪里的水
如果不发洪
你涓涓细语地流
清澈，明净

西风冷

在远方
享受孤独
也遭受孤独
西风吹冷了
一个人的路

初　见

有了千万种相遇
却都是在故事里
始终想不到
我们最终相遇的场景

诗梦远

无法抵达的地方太多了，姐姐
现在，我躺在双乳峰下
想着诗和远方

黑　夜

天黑以后
我得以同所爱的人
盖一床黑色的被子

故乡与远方
交媾在一起
黑夜如此亲近

水

天空太空
大地太实
唯有水温柔
如女人

多　久

我还能活多久
还要做多久单身汉
多久才有自己的房子
多久才能买到春节火车票
多久才能陪伴父母
多久才能有出彩的机会
多久才能不惑
多久才能对世界宣布
我是一个人

初　恋

九岁那年
爱上了一个女孩
在梦里

醒来后
这个梦记住了一辈子
像初恋

夜行成都

写着无人读懂的诗
唱着无人听懂的歌
走在夜色的街上
美女也算漂亮
可惜火锅味太浓
没有嗅出她的味道

路过成都

每次路过成都
都忍不住要去看看母校
又担心被熟人认出
自己的平凡

踏入校园
一切担心都是多余的
都是些陌生的面孔
他们看我也一样陌生

不知 B7634 现在住的是学弟还是学妹
是否玩过升级戴帽
不知图书馆爱座上现在是帅哥还是美女
是否正在翻起那本心爱的诗集
唯有映月潭碧波依旧荡漾
像在笑迎曾经倚栏读诗的朋友

校路上正走过你我的身影
我曾如你般徜徉民大校园
如你熟悉民大一样熟悉母校
有一天你也会离开民大

有一天你也会怯于迫近母校
如果有一天你也像我一样平凡

大学是盛放青春的展览馆
永远陈列着青春的标本
大学的青春永远不会老去
毕业的学生则有千百种变化
唯一不变的是母校情结
那里盛放着我们永恒的青春

妖　怪

我就是妖
你不来我就要怪
怪你不把我来爱

爱情与婚姻

爱情只属于少部分幸运儿
我们都是些凡夫俗子
只配在婚姻里造人
完成人类的延续

路向远方去

风从远方来
路向远方去
远方是天堂
还是地狱

既然已经启程
迈出的每一步
都是远方

只要可以晒晒太阳
和自己心爱的姑娘
走在远方的路上
管它远方是故乡
还是他乡

爱情角色

死亡是一次回炉再造
当我以全新的姿态
站在你面前
你还会记得我吗
亲爱的

曾经天长地久的爱情
非你不可的我
非我不可的你

你爱的是否是我
在特定剧情中
扮演的角色

我爱你

我爱你
只有天才能对地说
天长地久无绝期

我爱你
只有山才能对水说
山环水绕永相依

我爱你
只有我才能对你说
你情我爱长相依

浪　子

浪子没有故乡
只有诗和远方
只有远方的麦地
只有麦地的女郎
秀发飞扬

远方只有情人的吻
不曾忧伤
远方只有太阳
光芒万丈
远方只有麦地
不曾迷茫

远方
只有我
还在路上

十　月

十月可以怀胎
十月可以革命
十月可以去远方
邂逅一场艳遇

此生最好

二十年前我们太小
二十年后我们又太老
正当年华遇见你
此生最好

风

风拂动你的秀发
还掀起你的裙子
唉，我得与风谈谈了
不能见到漂亮的姑娘
就要流氓

路过你的路

你走过的那条道路
我也走过
你搭乘的那辆列车
我也坐过
你看过的一路风景
我也看过

不同的是
你是为了回家
我是为了去远方

劫　难

算命先生说
你七岁和九岁时
有过两次劫难

我想了想
七岁那年
我开始上学

九岁那年
暗恋一个女孩
一直没能忘怀

成都的雨

成都的雨，
大都挺害羞的，
夜晚才悄悄地来，
给人们带来好空气。

白天的雨啊，
也下得很温柔，
怜惜路上的美女，
怕弄乱了她们的妆容。

偶尔几次下大了，
应该是遇上好兄弟，
一不小心喝大了。

美之殇

你最美丽的时候，
我最穷困的时候，
花开最美的时候，
下起了一场雨。

名　字

从今以后，
我把风叫风，
把路叫路，
把痛苦叫痛苦，
走过的地方都叫故乡，
未到的地方都叫远方，
可我怎么叫你呢？
亲爱的，
我走过了未到的地方，
在这繁华得一无所有的大地上，
你美得迷茫。

此 刻

此刻太阳正好，
此刻风吹过来，
此刻香满天地，
你走在远方的路上，
我走在远方的路上，
路过春天的地方，
花草铺天堂。

此刻蝴蝶翩跹，
此刻衣袂飘飘，
此刻岁月正好。
不念过去，
不思将来，
此刻正好，
此刻烟花最美，
此刻虚无缥缈。

夜是永恒的看客

夜是一位娴静的女子，
穿着流光黑裙子，
趁天黑而来，
让做梦的做梦，
让做爱的做爱，
让杀人的杀人。

有人在此夜出生，
有人在此夜死亡。
有人在此夜发达，
有人在此夜受难。

夜是永恒的看客。

古老的爱情故事

古老的故事，
与古老的爱情有关。
古老的风，
吹过我们的村庄。

我一路走来，
两手空空，
你正美丽无瑕。

陌生的影子

一个人，
孤单太久了，
蓦然看见自己的影子，
都不知道，
该怎么打招呼。

等风来

为你写诗，
为你作画，
为你留白，
为你等风来，
吹红桃花开。

小 草

我最爱的是人，
我最恨的也是人，
被我忽视的是草，
不悲不喜地活着，
岁岁常青。

演一场意外

风不在
雨不来
谁为你等待

蓝蝴蝶
舞翩跹
在为谁喝彩

你红颜
都美了谁
我等待
春风能带来你
演一场意外

不期而来

春天来了，
不知道花会不会开，
你会不会不期而来。

残　缺

残缺的是生活，
完美的是演戏，
在生活中，
我已有很多残缺，
你还没来，
就是最大的残缺，
为了遇见你，
我快花光所有的运气。

沙 漠

没有你的沙漠
到处都是沙

有了你的沙漠
到处还是沙

爱情游戏

你爱他的金钱名利，
他爱你的年轻貌美，
玩不下去的时候，
应该是有一方，
输掉了资本。

安静的暧昧

在花鸟市场等车时，
发现你也在等车，
你的美丽，
让我忍不住偷看了几眼，
偶尔回头，
也看到你从我身上撤离的眼神。

安普城际公交来了，
我们一同上车，
没想到我们等的是同一辆车，
我们在车上抓着同一根扶手，
并排站着看窗外的风景，
我们都没说一句话，
只是有时我偷看你一眼，
有时你偷看我一眼，
有时手会触碰到一起。

到普定下车的时候，
我等你先走，
然后看你离去的背影。

如果是我先走，
你会目送我的背影吗？

认真与耐心

现在的人，
多没耐心，
因为一点小事，
就离婚。
但勾引的时候，
很认真。

方块字

我非常喜欢方块字，
很多人也像我一样，
对方块字爱到痴迷。

有人把它写在纸上，
有人把它雕入印章，
有人把它刻进石碑。

我喜欢把它铺成诗行，
通向我的爱人，
通向永恒。

爱　情

看着人们恋爱结婚了，
到处秀恩爱撒狗粮，
好像爱情这东西，
真的很甜。

也许只有分手离婚的时候，
人们才会吃出她的苦味，
苦不堪言。

零零后过家家都玩真的

我见过几个，
零零后的孩子，
他们急着想做大人，
于是结婚生子，
过把做大人的瘾。

但他们始终是孩子，
只有三分钟的热情，
过不了多久，
就讨厌这个游戏，
不玩了。

他们生下的孩子，
还没来得及学会走路，
还没来得及学会喊爸爸妈妈，
还不知道发生了什么，
游戏就结束了。

记于 2017 年 8 月

我们要做多少好事才能相遇

我们要做多少好事，
或者坏事，
才能相遇，
才能在一起没心没肺。

在这无处安身的红尘，
谁不是上帝流下的，
一滴眼泪，
每滴都孤独而悲伤，
喜欢猜忌怀疑对方，
喜欢颓废虚度时光。

喜　欢

小时候，
喜欢年纪比自己大的女生，
喜欢叫她姐姐姐姐，
喜欢看她走在前面，
蓦然回首的样子。

长大后，
喜欢年纪比自己小的女生，
喜欢听她叫哥哥哥哥，
喜欢突然回头，
看她跟在后面的样子。

而后来啊，
喜欢年纪比自己更小的女生，
喜欢听她叫大叔大叔，
喜欢看她蹦蹦跳跳，
青春活泼的样子。

钉 子

要怎样一枚钉子，
才能在年华正好的时候，
把我和你钉在一起，
钉在翠竹小溪旁，
炊烟袅袅的地方。

我们在这里教书、种菜，
放牧天上的云彩，
散养漂亮的蝴蝶，
白天听听虫鸣和鸟叫，
晚上看看星星和月亮。

如果你愿意，
我们就生个女儿，
我们看她怎么长大，
她看我们怎么变老。

我有一颗心

我有两只耳朵，
听到的都是你的传说。

我有两只眼睛，
看到的都是你的身影。

我有两只脚，
却不知如何走近你。

我有两只手，
却不知如何触碰你。

我有一张嘴，
却不知如何说我爱你。

我有一颗心，
心里想的全是你。

我是童话

我是梦
轻轻地
飘临孩子的睡中

我是朝霞
悄悄地
印红少女的脸颊

我是雪花
盈盈地
舞落情人的怀中

我是流星
默默地
点缀单调的天空

我是蝴蝶
袅袅地
织绣人间的童话

我的一生

你在南方裙裾纷飞，
我在北方大雪纷飞。

在我的祖国，
从北方到南方，
要穿越大半个中国。

在我的一生，
从我走近你，
要花掉我大半生。

骗一个姑娘

我想拿自己写的诗，
去骗一个姑娘。

却不知哪个姑娘，
甘愿被我欺骗。

最后只骗得自己，
每次读起那些诗，
都感动不已。

梦游记

走着走着
迷路了
来到陌生的地方
抬头发现前面是
流水云岚流星雨
我从没见过如此美景

欣赏之余
拿出手机来拍照
对着左边拍一张
对着右边拍一张
对着前方准备按下快门时
镜头里突然出现
一个多年未见的朋友

我放下手机一看
站在美景中的
果真是你
老朋友
我呼唤你一声
然后我们紧紧地相拥

我有很多话

想要对你说

一开口的时候

却醒了

原来是一个梦

写于 2020 年 3 月 10 日晚

最远的地方

小时候
看着无法到达的远山远水
总以为远方很远

如今，走遍天涯与海角
才知道
你才是最远的远方
哪怕你就站在我面前
我也无法走近你

辑二

我骑着梦的天马驰来

对妈妈说的话

妈妈，我不会对您讲，
真主或者上帝，
我不会对您讲，
人类的主义，
我也不会对您念一首诗。

妈妈，您看，
那朵向日葵开花了，
您种的庄稼长得真好，
妈妈，我饿了，
您做的饭真香。

夜 郎

能打开的都不是枷锁，
能解开的都不是秘密，
能称赞的都不是美景。

夜郎，
我不能说你天无三日晴，
我不能说你地无三里平，
我不能说你人无三分银，
我不能说你夜郎自大。

你就像太阳一样，
最光明的内核最黑暗，
最美的天堂，
充斥着贫穷和痛苦。

我骑着梦的天马驰来

我骑着梦的天马驰来
溅飞爸妈栽好秧苗的水田
是谁在用双练舞动迎我归来
彩虹妹妹把它绣成南宋的闺帘

黑夜染黑了你们的头发
一个是太阳的儿子
一个是月亮的女儿
而我是太阳和月亮的儿子
三只翅膀的蝴蝶
两只用来飞翔
一只载你们和诗梦雅游历天堂

今晚妈妈穿上晚霞
我一直喜欢你的乳房
爸爸还是身披青色旱烟叶
我喜欢像孩子一样触摸你的胡茬

人们都睡了　打着鼾
我骑着梦的天马奔驰而来
不忍岁月弯曲你们的腰杆

我要带你们去住在时光里

杀掉生死轮回

遥远的路程经过这里

妈妈，我从哪里来？
孩子，你从远方来。

远方在哪里？
在很远的地方。

我想去看看远方的样子。
你现在还去不了。

妈妈，为什么？
因为你还很小。

我虽然小，但是你们可以背我去呀！
孩子，去远方的路，只能自己走，
谁也帮不了你。

妈妈，等我长大了，
你和爸爸会陪我去远方吗？
孩子，我们只负责在这里养育你，
把你培养成一个对人类有用的人。

妈妈，远方的道路上，
只有我一个人吗？
怎么会呢，孩子，
只要你心地善良，心胸宽广，
你就会遇到很多人，
你会遇到朋友，
你还会遇到一生中最重要的一个女人，
她将会成为你的妻子。

妈妈，等我去远方时，
你们会一直住在这里吗？
不会的，孩子，等你去远方时，
我们也要启程远行。

妈妈，等我们都走了，
我们这里的家怎么办？
孩子，这里住的只是房子，
家永远在我们家人心中。
你从远方来，
我到远方去，
遥远的路程经过这里，
这便是缘分，也就是我们的家。
孩子，房子是暂时的，
家乡是暂时的，
祖国是暂时的，

都是远方途中的一道风景，

千万不要以房子为借口欺负外人，

千万不要以家乡为借口欺负外乡人，

千万不要以祖国为借口欺负外国人。

你从远方来，

我到远方去，

遥远的路程经过这里，

请善待身边的每一个人。

浮　萍

我是一株浮萍
漂离了你
亲爱的妈妈
越漂越远
想你却不能回到身边

我是一株浮萍
从小溪漂到江河
从江河漂到湖海
渺小消失在浩大
我消失在迷惘

妈妈
为什么要漂离

那时你还年幼

一天，

傻孩子问智慧妈妈：

妈妈，我什么时候才能长成大人？

妈妈说：

孩子，当你不再年轻的时候。

时光飞逝，

满脑子烦恼的成年傻子又问妈妈：

妈妈，我很傻，

但我年轻过吗？

什么时候？

妈妈说：

那时你还年幼。

小贞，甜酒好不好吃

记得那是位七岁的天使
带着十分的童稚
因为竹笆楼上的甜酒
整个黑夜火把在跳舞
不同声音交汇的旋律
应该是最美的舞会
小贞，小贞，你在哪里
群山呼应
小贞，小贞，你在哪里
星星呼应
小贞，小贞，你在哪里

小贞在醉里
抱着酒坛睡
酒勺还紧紧攥在小手里
人们给你喝了解酒的水
白衣天使醉舞无敌
一群人看你打醉拳痴迷
小贞，甜酒好不好吃

远和近

故乡离我太远
远方却离我很近
打一斤远方的酒
喝出了故乡的味
醉乡里不知远和近

玩

三十年前
父母说
别玩了
乖
快去学习

三十年后
父母说
兔崽子
再不去玩
你就玩完了

农　民

我们是没有家的孩子
背靠悬崖
面临大海
在荒芜的土地上播种希望
收获贫瘠

几千年了
没人从土地上成功逃离过
不是跌落悬崖
就是葬身大海

你看
眼泪已经填满了大海
尸骨已经堆积成山

小 迷

小迷一岁就会走路

她走路像奔跑

像会跑的洋娃娃

像喝酒打醉拳

一路跌跌撞撞

东倒西歪

看着就要跌倒却没跌倒

要跌倒又没跌倒

看得旁观者心惊胆战

像观看悬崖边跳舞

把一颗心提着

世人喜欢惊险刺激

大家都喜欢看小迷走路

小迷，外婆这里有糖

小迷，小姨这里有苹果

我右手紧握

小迷，猜猜小舅手里有什么

小迷就在大人的悬崖边跳舞

突然一不小心掉下去

爬上来已经十七岁

做了别人的妻子

故乡或远方

我一直在苦苦追寻

是哪个粗心的奴仆

失手打翻烛台

焚毁了我的家园

族谱也化为灰烬

回到它该回的地方

失去了故乡

我开始寻找远方

我看到光从远方来

风从远方来

梦从远方醒来

脚下荆棘遍地

痛苦的河流横亘路前

故乡或是远方

这是条苦难之路

故乡的路已塌陷

远方的路虽布满荆棘河流

但远方的光很明亮

我看到了秀发纷飞的姑娘
我闻到了远方的花香

南 风

南风很暖
南风很乖
南风也谈过恋爱

南风
不是南方吹来的风
也不是麻将里的风
它是小黑的儿子
我家养的一条狗

童年的南风很幸福
它很乖很萌
是大家手心里的宝
长大后就有了烦恼
南风开始离家出走
爱上其他村寨的母狗
爸爸担心它进了别人的汤锅
就用狗链把它拴在家里

失去了自由和恋爱的南风
不吃不喝去了西天
不知那里有没有自由恋爱

写给假想的孩子

如果我有个孩子
是该告诉她世人善良
还是告诉她世人邪恶

这个问题很难回答
身边多是贪婪的人
但不见得就邪恶

或许我会告诉她
世上没有善恶之分
只是有人拿走的东西多
有人得到的东西就少
有人炒几百套房子放着
坐等升值
有人就只能睡地下通道
冷死在室外
有人手握权柄
鸡犬升天
有人求职无门
四处流亡
有人资产千亿

山珍海味

有人收入不到千元

饿殍遍野

是拥有多的邪恶

还是拥有少的善良

他们都是通过劳动所得

劳动没有善恶之分

故　乡

安顿好故乡的风
安顿好故乡的云
把故乡的月亮
挂在天上
启程去远方

太阳大时会飘来故乡的云
天气热时会吹来故乡的风
孤独时看看天上
那里有故乡的月亮
为我点亮了满天星光

沙尘暴

沙漠走远了
才发现故乡很荒芜
于是沙子们乘着风
离开了故乡

不小心把自己弄丢了

父母从小教育我
凡事不要比别人差
我就一直在模仿别人
追赶别人
追着追着
却不小心把自己追丢了
剩下影子在追赶

老师从小教育我
不能出任何差错
我就亦步亦趋
小心翼翼地走
走着走着
却不小心把自己走丢了
剩下影子在行走

暴　君

你是一个暴君
从小以爱的名义镇压我
不容质疑和反抗
你说都是为了我好
给我张开一把保护伞
很多事情都替我做好
不让我亲自去做
我立志有一天要推翻你的统治

人们都说
哪里有压迫
哪里就有反抗
可能因为压迫的时间太长
长大了却没了反抗的力量
我已是一只不能高飞的大鸟
你还打着爱的旗号
不容质疑和反抗
给我张开一把破裂的保护伞
我这个年迈的老父亲
已经白发苍苍

童　年

很庆幸，
我童年没有丢失，
保持了 29 年童真，
人们却说我没长大，
没有一双世俗的眼睛。

小时候怕鬼

小时候的世界，
总是觉得有妖怪，
好像鬼也无处不在，
只要是阴暗的地方，
就会有鬼怪存在。

长大后的世界，
总是觉得有阴谋作怪，
好像诡计也无处不在，
只要是有人的地方，
就会有相互伤害。

以疯子为榜样

记得上初中时，
有些同学不爱学习，
老师找来一个疯子，
让疯子在校园里，
整天抱着书学习，
老师说，你们看，
疯子都能好好学习，
你们为什么不能？

我至今没弄明白老师的用意，
是不好好学习就比疯子差，
还是好好学习会比疯子好？
后来我查了疯子的档案，
他读书时成绩非常好，
高考发挥失常后，
变成了现在的疯子，
每天就只会傻笑。

华山一游

自古华山一条道，
登山不要坐索道。
攀登华山的过程，
是一部英雄奋斗史，
一路过关斩将，
杀得血流成河，
登上诸峰，
开始华山论剑，
直至山高人为峰。

下山的时候，
就像英雄迟暮，
有种功成身退的疲倦和无奈。
虽然比上山时看得清楚，
但脚是抖的，
有点力不从心，
害怕一不小心，
哪步踩空了，
一跤摔到山脚下。

童　话

小时候
童话很美
你看
善恶终有报
有情人终成眷属

长大后
才明白，人间
没有童话
童话
童话是引你走向地狱的魔鬼

坏　人

小时候，
妈妈说，
吃饭时说话的是坏人。

长大后，
我发现，
人们很多事情都是在吃饭时谈好的。

我真想再问问妈妈，
难道世上有这么多坏人吗？

夜郎风

夜郎的风，
不像北方的彪形大汉，
冷酷无情，
也不像南方的舞女，
火辣热情。

她是蒙着面纱的处女，
神秘而温柔，
像情人的手，
滑过你的身体。

普定人

我们不像南方人，
憎恨太阳，
死不悔改。
我们不像北方人，
痛恨寒风，
不共戴天。

普定啊，
云贵高原的一颗明珠，
冬暖夏凉，
如春如画，
一切都值得歌颂，
除了普定马场路，
越修越烂年年修，
没有一年是好路。

杜　鹃

一直在远方，
以为不会有忧伤，
却不知，
一声杜鹃也断肠。

爸爸的眼泪

爸爸虽是孤儿，
但从未见过他流泪，
唯一的一次是，
哥哥初中辍学去江浙打工，
爸爸找舅舅给哥哥写信，
舅舅说怕他写去哥哥看不懂。

爸爸回家后，
在妻子儿女面前痛哭一场，
要我们好好读书，
不要再做睁眼瞎。

那个时候没电话，
车马邮件都慢，
一封信要寄一个月。

心中的那轮月亮

已经不记得，
是为了什么启程，
也曾被蝴蝶和野花，
带入过歧途。

每当皓月当空的时候，
我又在星月兼程，
走在远方的路上。

我不知道，
是不是为了，
追赶心中的，
那轮月亮。

天 书

妈妈不识一个字，
却在脸上写满了，
岁月褶皱的文字，
任我一读再读，
仍认不全文字里的苦难。

我认出了三年困难时期，
认出了"文化大革命"，
认出了重男轻女，
所有舅舅都上学，
您只能骑牛去打鸡儿棒。

但我始终读不懂，
您是怎么把我们六姊妹，
拉扯长大的，
在那个饿饭的年代。

看见您一身的劳伤病，
我似乎又读懂了，
一位母亲的苦难，
一位母亲的伟大。

亮光光

妈妈，是谁点亮了，
这么多星光，
却没我点的一盏月光明亮。

算　命

爸爸年轻的时候，
算命先生给他算了，
一生的运程，
前面几件都应验了，
只有 72 岁寿元，
还不知道是真是假。

如果他只有 8 年时间了，
我能为他做什么呢?
看着一无所有的生活，
我不禁悲从中来。

每个人的故乡都在沦陷

这是一场怎样的地震？
动作慢到没有震感，
蓦然回首的时候，
故乡已经被震得支离破碎。

这是一场怎样的战争？
没有看到开一枪一炮，
一不小心跌倒的时候，
突然发现故乡已经沦陷了。

再也没有故乡的月亮，
再也没有如画的瓦房，
再也没有河边浣衣的姑娘，
我们都在人海茫茫。

爷爷奶奶外公外婆

爷爷走得早，
1960 年饿死了。
外公也走得早，
1961 年饿死了。
外婆也走得早，
1981 年病死了。
奶奶也走得早，
1992 年死了，
那年我才四岁。

在我还不知道悲伤的时候，
四个亲人都走了。
每当有人说起，
爷爷奶奶外公外婆，
我能够想起的是，
一座座不同的坟墓，
每年扫墓都求他们庇佑。

二十块钱

嫂嫂嫁给哥哥时，
我还是个小屁孩，
喜欢做嫂嫂的跟屁虫。

哥哥婚后打工去了，
一次我陪嫂嫂回娘家，
临别要走的时候，
嫂嫂六七十岁的父亲，
叫了一声嫂嫂的乳名，
从衣兜里掏出二十块钱，
像递给尚未出嫁的女儿一样，
脸上却多了一份担心。
嫂嫂也像未出嫁的女儿，
坦然伸手接过父亲的钱，
什么话也没说。

这二十块钱不是给我的，
我却会经常想起它，
想起一位父亲对出嫁女儿的担心。

哥哥的零花钱

小时候，
哥哥得到零花钱，
不喜欢乱花，
喜欢把它藏起来，
像玩捉迷藏一样，
喜欢藏在意想不到的地方。

四姐和我最小，
对什么东西都好奇，
我们总能在意想不到的地方，
偶尔找到一毛两毛钱，
偶尔找到五毛一块钱，
每次都像发现一块新大陆，
能够开心一整天。

哥哥从没说过钱不见了，
也没找过我们的麻烦，
在那个物资匮乏的年代，
也许这就是一个哥哥，
与弟弟妹妹玩的游戏。

此　时

每朵云都下落不明，
每阵风都不知所踪，
每位擦肩而过的美女，
都不知去了哪里。

我仍时常在人间，
看到天上的云彩，
看风吹起美女的裙摆，
心动不已。

虽然情不知所终，
但我爱吹此时的风，
我爱看此时的云，
我爱看此时的你。

自　由

看鹰飞过监狱上空，
自由自在地飞翔。

我突然想起狱中的囚犯，
曾经也像鹰一样自由。

这时我突然害怕，
鹰会失足掉下来。

数　学

我拼命学好数学，
以为就能计算好一生，
可以过得漫不经心。

但无论怎么算计，
我都算不过命运，
算不了人心复杂。

夜郎的山

在夜郎国里，
是谁养了这么多小美女？
亭亭玉立，
好像站在一起比美，
谁也不向谁服输。

她们的美千姿百态，
每次路过夜郎，
我都会迷失在美人堆里，
感叹大自然的鬼斧神工。

小 花

我本该是，
高原的一朵小花，
简单纯粹又芬芳。

只为等待蝴蝶，
与她跳一场舞，
哪怕坠落尘土。

妈　妈

有一个小女孩，
别人都去上学的时候，
她只能去山上放牛，
因为妈妈说，
女孩读书是风摆柳。

小女孩的时光就这样过着，
上山她骑在牛背上抓着鬃毛，
下山她反身骑在牛背上拉着尾巴，
在山上，
小女孩打鸡儿棒，
比很多男孩都棒，
在山下，
小女孩躺牛背上，
信马由缰。

后来一不小心摔下来，
爬起来已头发花白，
儿孙满堂。

关　心

喻森蝶，不早了，
再忙也要注意身体哟。

子夜打开易网邮箱，
蓦然看到上面的话，
突然感动得想哭，
好久没人这样关心过我了。

手机的距离

有了手机以后，
远方的亲友仿佛很近，
近到无话不说。

身边的亲友仿佛却很远，
远到无话可说，
各自低头玩手机。

开心的事

一生中开心的事很多，
尤其是在重症监护病房，
看到爸爸劫后重生的喜悦。

犯

医院里的人，
犯了病。
监狱里的人，
犯了法。
地球上的人呢，
犯了什么？

诗　歌

有人在这里求名，
有人在这里牟利，
有人在这里骗色。
只有真正爱你的人，
才会爱你的真善美。
只有真正爱你的人，
才不会刻意赞美你，
也不会违心污蔑你，
他不会借你招摇撞骗，
制造很多垃圾文字。

只有真正爱你的人，
还在穷苦地活着，
他可能不会说我爱你，
但他已经离不开你，
他的喜乐哀愁，
肯定都与你有关。

野　诗

写诗十多年，
从未上过官刊，
也未拿过稿酬，
钱倒是垫出去不少，
几个野人把野诗放在一起，
狂野一下。

你不能否定我们的野诗，
就像你不能否定遍山野花，
不能否定满天的星星。

马场奇石

神奇的马场奇石，
不知来自哪里，
不知属于什么组织，
也不知有什么目的。

它们潜藏在，
马场桥下的一截河沙里，
不知卧底了多少年。

2000 年左右的时候，
一块奇石暴露了身份，
在汉奸的深挖细淘下，
奇石组织被一网打尽，
全部被出卖了。

马场奇石从此下落不明，
只留下这个传奇的名字，
后人也许会觉得，
它只是一个传说。

云　朵

云朵在空中绽放，

那是上天在笑，

有时笑得泪流满面。

小世界

这世界真大啊，
什么谎言，
都装得下。

有时候，
这世界又太小，
小得连一句真话，
都装不下。

雪　人

雪不想做人，
如果做人后，
就没有这么纯洁了。

疯　狗

村里有一条疯狗，
只会走直路，
不会给人让路。

不管路有多宽，
与狗相遇的时候，
只要人没给它让路，
它就要咬人。

此刻多好

如果永远停留在此刻，
多好，
我们都不会变老。

夫妻不会有外遇，
爱上小三。

朋友不会背叛你，
还可以饮酒狂欢。

亲人不会落井下石，
大家还是客客气气的样子。

也许人生注定要历尽苦难，
才会懂得人情冷暖，
世味辛酸。

山　路

大山好大呀，
小路好长。

我走过的路，
很多人都走过，
很多人都埋在了路旁。

他的家得有多远啊

在西安地铁上，
一个七十几岁的老人，
来到我身边一位乘客面前，
向他要十块钱坐车回家，
老人说出门忘带钱了。
乘客就从钱包里，
掏出十块钱给他，
老人接过钱，
立马跪下磕头谢恩。

我看到他大衣掩盖下，
只是单膝着地，
差点忍不住笑出来。

老人起身，
又对另一个乘客说同样的话，
人们或十块或五块地给他钱，
他一路单膝跪下去，
跪了一节车厢又一节车厢，
一个单程估计能要到几百上千块。

我在想，

他的家得有多远啊。

流　浪

生是故乡人，
死却不知是，
哪里的鬼。

故乡啊，
无法选择，
远方，
随你流浪吧。

厨 师

食堂的厨师，
经常给我们科普知识，
吃一段时间下来，
我们认识了很多菜虫，
尽管仍叫不出它们的名字。
但是它们再次出现的时候，
我们就不会觉得陌生了。

诗　论

优秀的诗歌，
就像美女的内衣，
短小精悍，
都在点上。

蹩脚的诗歌，
就像老太婆的裹脚布，
又臭又长，
不知所云。

向日葵

向日葵从出生起，
就开始追求光明，
向阳而生，
时时对着太阳，
笑得花枝招展。

等到有所收获的时候，
向日葵开始自满，
逐渐垂头面朝大地。

背离太阳之后，
向日葵日渐憔悴，
最后再也抬不起头，
结果被人们拧断了头。

他人即地狱

一人为圣
两人折磨
众人成魔

世人无意要害人
除了恶徒
但是世人的执念
却害死了很多人
是恶徒的千万倍

恶徒受法律惩罚
世人仍执意如初

南国恨

记得当初看到你
南国的宣传画时
勾起我一睹为快的心
啊，那里的天多蓝
人多美
春天四季来
琼楼又玉宇

我不顾一切
任由这颗追随者的心
渴见你的容颜
是的，这里的景色是很迥异
而南国
你偏于一隅
就此肆无忌惮
却又言是人间天堂

南国，我恨你
你把风景作饵诱人
你是绝色的妖女
以色诱杀无数生灵

南国，我恨你

从我的骨髓里恨你

就算永久长眠于尘埃

我仍然恨你

恨你那炎热的天气

使人不知东西

恨你那潮湿的空气

使万物易于腐朽

恨你那滂沱大雨

暴风强劲

那弱小的伞儿怎经得起如此折腾

肉包子

在地上扔个肉包子
惹来一群狗撕咬

在文坛上设个奖项
引来无数人争吵

我的故事

我的故事不长
我的故事不短
我的故事
刚好是我的故事

写 作

我把悲伤

都嚼成渣了

还是担心

你吃出它的苦味

残　疾

身体残疾了
很多人都看得到
国家颁发证书和补助
世人生出同情或优越
许多残疾的身体
产生许多励志的故事
改善自己的生活
改善别人的生活

精神残疾了
只有自己一个人知道
所有的痛苦一个人承受
只能与影子并肩作战
成功了没人知道
失败了没人知道
人们或许会说你是天才
人们或许会说你自甘堕落
所有与精神残疾抗争的事
都被完整的身体封锁
你与精神残疾杀得血流成河

别人还以为你贪求什么
你只是想过正常的生活

小地方

小地方很小
小地方的医院很小
小地方的银行很小
小地方的书店很小
小地方的门很小
小得人们把脸拉得很长

今天来到普定这个小地方
走进一间间小小的门
看到一张张拉长如马的脸
吓得我立刻退出来
若不是看到门口的招牌
我以为县城砌了很多牲圈

从 众

不听话的猪，
听话的狗，
勤劳的牛，
这些从众的大多数，
都是人们的盘中餐。

凶恶的老虎，
有毒的蜂猴，
懒惰的大熊猫，
这些不从众的少数，
都被保护了起来。

今夜谁来爱我

陌生的城市留下寂寞

寂寞留下一个我

我不知该留下什么

索性让寂寞开出花朵

让她陪伴着我

与月亮一起堕落

落在天空变成思念的花火

点燃星光闪烁

闪烁的眼泪是谁的错

常常孤身一人如我

今夜谁来爱我

我已长大难耐寂寞

善良的人已不多

为了你我还没犯错

今夜谁来爱我

我们可以一起堕落

落到地上变成花朵

不要让相爱的人难过

今夜谁来爱我

难道爱就像泡沫

只要一触就破
我要做最美的花火
一盛开就堕落
我知道有人爱过我

孤独是一杯美酒

我一个人
穿梭茫茫人海中
人们行色匆匆
都是些陌生的面孔
找不到熟悉的笑容
我该何去何从

一直在迷茫中懵懂
怀疑上帝创造的人种
冷漠填满心胸
常常言不由衷

下一步要怎么走
到底该不该回头
回去也没有朋友
客子如浮萍漂流
问诗人生来何由
孤独是一杯美酒

不知天高地厚

别问我天有多高
地有多厚
无聊的问题我已烦透
为何你总是问个不够
我不知道天高地厚
只知道水向东流
小时候依偎妈妈怀中
长大了得找女朋友

别问我什么曲谱
拍子的节奏
无聊的问题早已烦透
为何你总是问个不休
我不知道曲谱节奏
只知道云行水流
想唱就放开歌喉
唱出心中的自由

我不知道天高地厚
只知道水向东流
想唱就放开歌喉

唱出心中的自由
哪怕现实着色　把梦想染透
我还是义无反顾
站在海市蜃楼　随风狂舞
跟着心跳的节奏
让歌声响彻宇宙

我不知道天高地厚
只知道水向东流
小时候依偎妈妈怀中
长大了得找女朋友

爱就牵手一起走

爱就牵手一起走
何必天长又地久
若等到天荒地老后
万物已经枯朽
拿什么来维持爱情长久

只要两颗心怦然颤抖
牵牵手就一起走
一万年太久
只争朝夕相处
我们都寻找得好苦
彼此找了很久
还有什么值得在乎

只要两颗心怦然颤抖
牵牵手就一起走
弥留的时光只为彼此守候
残存的岁月我们手牵手
我们不需要天长地久
一万年太久
只争朝夕相处

谁知道弥留的时间还有多久
放手只怕无法再回头
曾经的执着都是徒劳的盲目
什么功名利禄害我太久
现在只要手心里牵着你的手
属于两个人的幸福
我就心满意足

只要两颗心怦然颤抖
牵牵手就一起走
一万年太久
只争朝夕相处

给我一双翅膀

给我一双翅膀，

我要飞翔，

飞到远方，

寻找自己的梦想。

一切并非奢望，

我有颗坚决的心，

一步一步迈向前方，

把空头的虚幻丢到爪哇的海洋，

我要做飞翔的儿郎。

我亲爱的爸爸妈妈，

飞翔才是你儿的家，

天空不论晴雨，

黑夜不再害怕，

明星永是我的灯塔，

月亮是朵美丽的花，

太阳引我走过春冬秋夏。

孩儿在华夏一家，

敢做敢当乃英雄豪侠。

坏小孩

青涩的年代
懵懂不知情爱
也不知道好与坏
只希望好吃的快快来
闭上眼睛就是天黑

是否还记得
被老师罚站教室外
却去追逐蝴蝶
直到乐开了怀
人们说是坏小孩

我们是新的一代
也爱祖国和未来
如果说有点淘气有点坏
只是不想被某些思想束缚住脑袋
看，我们才是栋梁之材

拉钩说好的话
永远都不会变卦
长大了做英雄豪侠

修身齐家治国平天下
如今唯把你牵挂

谁说
度尽劫波兄弟在
相逢一笑泯恩仇
我说
相逢共饮醉且休

非如此不可

尘世太过沉默，
千百年来的陋习未曾改过。
世人如此怯懦，
总是害怕现实的陈规别人的话说，
舆论总让人死活。
多少年来，
谁不是沉沉默默地过。
我讨厌这万马齐喑的生活，
打破沉默，
非如此不可！

我的声音太过脆弱，
不能回荡山谷我也没错，
是不是别人听了也不应诺，
想为怕是罪过。
我真的如此怯懦？
总得做回自我，
哪管世人如何龌龊，
怎能匆匆就走过？
打破沉默，
非如此不可！

请赐我以疯狂吧，
我需要这疯狂的醉酒，
这样便可精神抖擞，
咆哮世俗你们的迂腐，
是谁哭嚎无主?!

流　殇

稚子童年，
天真无邪，
郎骑竹马弄青梅。
鸡儿棒飞吓日落，
花间逐蝶蝶追我。
妈妈说：
云上高山是神仙的居所。
每天期待她们的糖果。
岁月偷偷走过，
开始忙碌求索。

曾经多少的梦想，
多少的期待，
多少人在路口不断徘徊，
可是浪漫美丽的王子公主并未出现。
拾起疲惫的信念，
继赴理想的征程，
有多少人实现？
是现实太无情，
还是时间很无奈，
逝去了青春岁月。

如今忆起年少豪迈，

理想何处存在，

那些缥缈年代，

流殇岁月。

英雄泪

想当年，
是谁决战武林群雄并起，
你是盟主他为至尊都来争英雄。
昨日河南今朝广东明天会是哪？
英雄莫问出处，
只教快意恩仇，
名震天下，
世人知我是英雄。

英雄豪杰，
你恩怨情仇，
江湖那事，
何时休？
昔日名震天下，
如今土上一丘，
彼此争个不休。

英雄泪，
心已碎，
我太疲惫，
哪管世人英雄名利，

如今只想休憩。

我已太累，

只要做回自己。

英雄泪，

只叫人无泪，

苍天已醉！

我们这样胡闹

背后给我一个环抱
把我吓了一跳
你开心地笑
说我是只小猫
也会给老鼠吓倒
然后头往我肩上靠
迷恋你头发的味道
却要我给你画画眉毛
假装说书还没看好
你就轻敲我的小脑
小心变成笨鸟

反身轻挠蛮腰
我把兔子捉到
不会对你轻饶
直到笑弯了腰
把你揽入怀抱
才帮你把眉来描
我们常喜欢这样胡闹
冤家相吵到老
谁也不要轻饶

要对自己好

今天起得太早

昨晚没有睡好

辗转反侧不明了

尘世偶然来到

烦恼却是不少

什么爱恨情仇都是纷扰

想红尘是多可笑

一会儿小两口吵

一会儿小两口笑

谣言四起多不妙

爱人又不见了

朋友太难找

你说我如何逍遥

叹天黑得太早

红尘太好笑

一切如此缥缈

像盆中的水泡

哪管红尘俗世知多少

终须逍遥

写一首动听的歌谣

谱一支优美的曲调

有什么比美酒还好

还是入梦相笑

在梦中把自己揽入怀抱

就是要对自己好

对自己笑笑

我才是自己的宝

要对自己好

远方的姑娘

远方的姑娘，
我知道你在世上，
不知你在哪座山上，
哪方山水养育出，
美丽动人的姑娘，
笑语点亮人间的光。

远方的姑娘，
我知道你在山上，
不知你在哪条路上，
锦瑟年华谁与度，
是谁在为你梳妆？
是谁在为你护航？

远方的姑娘，
我知道你在路上，
不知你有没有情郎，
十五月亮照闺房，
能否对月舞一场？
远方的姑娘。

辑三

守望人类和平的家园

一　生

一生太长，
长到有无数个孤独的夜晚。

一生太短，
短到相见恨晚。

如果我死了

如果我死了
请把我葬在春天里
鸟语花香
不再孤单

如果我死了
请把我葬在阳光里
害怕黑暗的日子
不要夕阳落下

如果我死了
请把我葬在彩虹里
受尽一生的困顿
最后在希望中入眠

如果我真的死了
请把我葬在月亮上
由衷为世人祈祷
愿你们幸福安康

如果我真的死了

请把我葬在时光里

静静地死去

不许喧哗

虚 度

思想一片荒芜
理想无垠的沙漠
岁月从指尖滑落
死亡在地狱高歌

太阳死了

太阳死了
太阳掉进地狱了
外面寒风乱刺
身在冰河世纪
阳光都是梦幻的影子
使身心倍感冰冷
吕不韦刚浇下一身冰水
秦始皇就狂刮刺骨冽风
人们成了冷漠的看客
下一个被绞死的就是看客

海　子

海子不伟大
也不卑微
海子
就是海子

海子没有肉体
所以没有坟墓
海子只有灵魂
因此全世界都是坟墓

海子没有财产
也没有诗
只有以梦为马的天堂
只有麦地
母亲和妹妹弯腰拾起麦穗
只有自然界的乳房
只有一所房子
面朝大海　春暖花开

天 问

触神神虚，
问情情渺。
天地何忧，
庸人自扰。
天兮地兮，
善恶堪在？
好坏分兮？
莫问他道。
道在人间，
人间正道尽沧桑。

谁都有共享阳光和雨露的机会

四周高山环绕
把中央围成一块盆地
浮云总把阳光遮蔽
有一天，阳光无意穿过浮云
照到大地上
狗一直狂吠不已

女娲铲除四周的高山
扫除长期盘旋在盆地上空的浮云
小草高歌狂舞
以为终于可以沐浴阳光
得到雨露了
但是小草的世界仍没有阳光和雨露
高大的常绿乔木间枝叶相交

造物主说　万物平等
谁都有共享阳光和雨露的机会
便将常绿乔木移到不挡光遮雨的地方
小草又载歌载舞
以为终于可以沐浴阳光
得到雨露了

但是小草的世界仍没有阳光和雨露
落叶灌木丛枝繁叶茂

北风慨叹小草的遭遇
从遥远的北方赶来行侠仗义
扫尽灌木贪婪的树叶
可是小草唱不起歌
也跳不起舞了
长期没有光雨滋润的小草
早已奄奄一息

写自己的诗

我在屋外转了很久
找不到出去的路
便转身回家

关上所有的门
关上所有的窗
拉开电灯
这是永不西沉的太阳

我坐下来写自己的诗
却忘了运用修辞

太阳照到我了

太阳照到我了，现在
我知道
千年前太阳照不到我，过去
我知道
千年后太阳会照到我吗？未来
我不知道

如果太阳会照到我
它照到的是一方坟墓
还是一抔泥土
它照到的是万人歌颂
还是万人唾弃

太阳能够长久照耀的是文字
以及文字的双胞胎妹妹——语言
那千年后我会在哪里
是躺在自己的文字里
还是别人的文字里
太阳会照到我吗

空　城

我不知道风都向哪个方向吹
我不知道水都朝哪个方向流
我不知道路都往哪个方向走
我不知道人都在忙碌什么

人们不是走得太快
就是走得太慢
不是太世故
就是太挖苦
带着沉重的目的
怀揣满满的功利
每一步都战战兢兢
害怕下一步是别人预设的万丈深坑
因为他们也常给别人设置类似的陷阱

常在河边走
哪有不湿足的时候

我从远方来
要到远方去
每一步都是空城

归　途

纵使天涯再远
只要不停下脚步
总有走到的时候

可是，聪明的你
请告诉我
一切有尽头
何处是归途

人

没有一栋房子是你的家
没有一个地方是你的故乡
没有一个国家是你的祖国

你的家是途中的风景
你的故乡是有爱的地方
你的祖国是自由的世界

人类在等待什么奇迹

过去
人不知道来自哪里
未来
人不知道去往何处

来去的中间
人与人在这里相遇
演绎悲欢离合
释放七情六欲
到头是场闹剧

人们已流尽血和泪
下一代仍然继续
人类在等待什么奇迹

无可奈何花落去

多想留在春天
与春花同在
多怕走向秋天
目睹万物凋零
却在一步步朝秋天走去

人世间最悲伤的事
莫过于此
迷恋青春
青春易逝
拒绝衰老
却又在马不停蹄地老去

埋下一粒种子一样埋下我

等我死了
不要给我买棺材
不要给我做法事
不要给我修坟立碑
要像埋下一粒种子一样埋下我

虽然我不一定会发芽
但一定会滋养小草或庄稼
当你夜晚从我身旁走过时
也不会感到害怕

伤　逝

　　风吹起

　　历史的灰尘

　　不见了你的足迹

致袁熙斌老师

风吹过山丘
绿枯了一个时节
我站在山巅之上
没看见什么东西
值得纪念
万物随季节生长
生死别离
是季节固定的变化
只有你的谢家过门一笑
是我永远难忘的笑容

那时天真无邪的师生
以为生活像童话一样真

诗人与诗

诗歌的门槛很低
诗歌的台阶很高

跨过诗歌的门槛
大多数人都是在诗歌的院子里
争名逐利，嬉戏打闹
只有少数人登上了诗歌的殿堂
徜徉，宁静

路　过

众生来了
众生走了
众生不见了

佛默然
诗人举酒
我如约而至
路过你的城

穷　人

当一个穷人
爱上另一个穷人
他们的爱是穷的
他们的日子更穷

他们能改变什么

注：仿周公度《瘦削者》。

歌舞升平

天空的云
没流一滴泪
是谁哭湿我的眼睛
风吹
风吹
吹干旧痕压新痕
同是人间穷苦人
到处歌舞升平

月 亮

我怀疑一切神灵
我怀疑政治官话
我怀疑一切虚假

但我从未怀疑过你
真理和正义
还有纯真的爱情

我一直在孤独奋斗
与散落天空的星星一起
守望人类和平的家园

路

只要你一迈步
路就会向你展开
因心而动
心向何方
路往何处

只要你心有所往
世上不存在
走投无路这条路

秕子与谷子

在秋天的田野上
只有一无所获的人
才会无耻地昂首挺立
凡是有所收获的人
都会垂头面朝大地

学史的目的

学习历史

不是为了爱好和平

也不是为了吹牛

而是在有人侵略我们时

好迅速干掉敌人

方所思

阅读是安静的，
安静是与书的沟通，
安静是尊重他人与自尊。

一间安静的书店，
突然闯进两个人，
两个喧闹的西方人，
两个西方国家的女人，
开始叽叽喳喳叫个不停，
像知了一样。
是在炫耀她们一切都知了？
还是在彰显西方人的优越？
抑或是在异国他乡，
寻找一种存在感？

2018 年 4 月 3 日下午写于成都远洋太古里方所书店

诗人之死

一个活着的写诗的人
不管你诗写得有多好
你都是一个诗氓

除非你死了
你的诗还在后世流传
你才有幸成为诗人

为什么会有那么多写诗的人早死
难道他们是想提前抢到诗人的称号

蚊　子

我生性慈悲
但我也杀生
如果你在我周围嗡嗡
准备吃我
那么我将手起刀落
女的也不放过

无爱的人类

爱

多是给认识的人

恨

多是给认识的人

然而

认识的熟人只是少数

不认识的陌生人是绝大多数

注定这个世界是无爱的

你得学会忍受学校和社会

忍受无爱的人类

幸福的闪电

吹过你的风，
也吹过我的村庄，
照过你的月，
也照过我的脸庞，
这世间没有什么不一样，
你那里上演的故事，
也在我这里登场。

我们只是用不同的语言，
表达同一件事物同一种感受，
我们哭泣的眼泪一样，
我们做爱的动作一样，
我们苦难的呻吟一样。

我们一样痛苦地活着，
被幸福的闪电袭击。

诗人没有爱情

诗人，
都是死人，
还没死的，
不是诗人。

不要在这个时代里，
期待与诗人会有一场美丽的邂逅，
你跋山涉水遇到的，
如果不是诗氓，
他就是一个骗子，
诗人已经长眠坟墓。

死 亡

生命通向死亡

多么丰富精彩

佛拈花笑看世人的嘴脸

写诗的理想

你立志要在
一个没有诗人的时代
写一首诗歌
把诗氓流亡的苦难
酿成一杯浓酒
醉倒世人的忧愁

生　存

生是一场恶的放逐
死是已被宣判的极刑
存在是一场徒劳的盲目
盲目地开一朵昙花

在路上

在路上
有人成功
有人失败

在路上
有人恋爱
有人分手

在路上
有人出生
有人死亡

在路上
什么都可能发生
只要还在路上
一切都好

普通人

普通人长着普通的面孔
普通人住着普通的房子
普通人过着普通的生活
普通人拥有普通的名字
普通人拥有普通的爱好
普通人拥有普通的生死
普通人因为生死太普通
不知道普通人是生是死

烟

幸有初中老师严格教育
没有染上嗜烟成性的病

从此
我从一个凶手
变成了被害人
变成乱扔垃圾的看客

睡醒了

睡一觉醒来
却发现自己在地球上
不得不忍受痛苦和贫穷
不得不面对生存和死亡

距 离

在有限的时间里
山高水远
关山难越
你在你的阳光里
我在我的阳光里
晾晒各自的身体

在永恒的时间里
山水如画
距离时间不远
我与相距千里的你
我与相隔千年的你
在后人眼里
我们没有距离

刺　猬

每个人都是刺猬
靠近了会相互伤害
人们习惯生人勿近
喜欢接近死人
死人火化了身上的刺

我觉得
死人很适合诗人的称谓
死人身上没有刺
人们才会
平心静气地读诗
走近诗人的世界
活着的诗人啊
人们只看见你身上的刺
看不见你怀里的诗

宇　宙

我想我是宇宙，
是无尽的黑暗，
你能看见的，
无非是漂浮的萤火，
你叫它日月星光，
当作了光明，
这无尽的深渊哟，
不是谁都能明白，
不是谁都能抵达。

我在黑暗的中心，
穿着一身黑衣，
偶尔独自起舞，
鳞光闪闪，
有人当作神的启示。

一个人

我一个人
照顾不全满天的星星
太阳和月亮太调皮了

红　尘

不要问我来自哪里
也不要问我是谁
在这红尘中哟
谁不曾满含泪滴

如 来

像风一样奔跑，
像梦一样自由，
如来一般初心。

历　史

所有的事再重复一遍，
所有的花再一次盛开，
让红颜再一次祸水，
让害人的再一次害人，
让腐败的再一次腐败，
人们再揭竿而起。

历史所能做的，
只是重复一次次苦难，
只是英雄的名字有所创新，
恶魔也在换着花样捉弄世人。

生　死

我已经参透生死，
为什么还不能从容老去？
是什么风，
仍然使我战栗？
每一阵风过，
叶子们都胆战心惊。

生　命

人类可以被打败，
但是不能被消灭。
这世间的风啊，
吹得草东倒西歪，
根仍牢牢抓住大地，
随时准备昂首挺立。

轮　回

在轮回的世界中，
我可以是青青的小草，
可以是飞舞的蝴蝶，
可以是自由的风。

但还没来得及思考，
我就成了无助的人，
我不得不忍受贫穷和痛苦，
不得不想，要成为怎样的人，
才能找到失散多年的爱人。

但还没来得及思考，
死神已经敲响所有的门。

一生要做的事

一生要写一首诗，
爱一个正当年华的人，
吹吹云贵高原的风，
看看此时此刻的云。

我算什么人

凡是心有贪念的人，
都信起了神佛。
而一无所求的人，
已经归隐山林。

我还在红尘中，
只想拿到属于自己的东西，
过自己想过的生活。

我不贪恋金钱名利，
也不贪恋权力富贵，
我不信神也不信佛，
我相信通过自己的努力，
生活会变得更美好，
最后从容地死去。

雾霾的好处

有了雾霾，
觉得人们都挺可爱，
看不见他们势利的嘴脸。

最　后

到最后，
所有你爱的人都会死去，
所有你恨的人都会死去，
所有你熟悉的人都会死去，
所有你陌生的人都会死去，

到最后，
所有人变成泥土，
纠缠在一起。

真　理

为了保持神秘感，
我始终与人群保持距离，
偶尔被一两个淘气的人发现。

谬　误

为了让人们相信我是对的，
我一直与人群打成一片，
混个脸熟，
每当对错抉择的时候，
人们大都站在我这边。

生与死

大人看我们出生,
我们看他们死亡,
但双方的表情不一样。

吃货的哲学

人类养牲畜
是为了吃肉
造物主养人
为了吃灵魂
谁养造物主
为了吃什么

张老师的苦

张老师除了教书，
还跟着道士念经，
现在爱给死人写祭文，
一篇祭文 360 块钱。

我看过他写的很多祭文，
都是千篇一律的，
都是在诉说死者的苦。

他写祭文的字数，
一篇比一篇多，
好像死去的人，
一个比一个苦。

忍

我忍住了悲伤，
忍住了痛苦，
却忍不住满天的雨。

幻　想

人生艰难的时候，
人们常常会幻想，
生来做一只蝴蝶，
甚至是做一头猪。

我想做自由的风，
来去赤条条无牵挂，
不用担心饥寒交迫，
不用操心买车买房，
不用害怕尔虞我诈，
也不必追名逐利，
不必在乎别人的看法，
不必讨好他人而说违心的话。

风所到处，
必有回响。

夏日炎热的时候，
给人们吹来凉爽的风，
如果遇到美丽的姑娘，
吹起她的裙子也不会生气。

幸福的孩子

所有的孩子，
都长大了，
只有我一个人，
留在了王国里。

我本想做个，
幸福的孩子，
没有忧伤。

花　香

我们活着，
我们死了，
我们在各自的世界开花，
各自凋谢，
多么美丽的青春，
来不及相互欣赏，
就变老了。

不知道风，
有没有传递，
我们之间的花香，
和颤抖。

灵魂的衣裙

我用诗歌，
包裹自己的灵魂，
就像女人穿好衣裙，
在等待她的爱人，
来脱掉她的衣裙。

松　树

一棵棵孤傲的松树，
你别看他们，
一个个都站得笔直，
挺拔，
好像从来没有交集。

甚至有风吹过的时候，
也是礼节性地，
点头致意。

但是在黑暗的地下，
人们看不到的地方，
他们都盘根错节。

一棵树

不要因为自己是矮小的树苗而自卑，
不要模仿杂草和野蒿，
不要害怕骄横的灌木，
也不要喝下果树熬好的鸡汤，
让自己像一棵树那样生长吧，
因为你本来就是一棵树，
有一天你会突然发现自己已参天，
一不小心就活了千年，
当年那些招摇的蒿草，
背景强大骄横的灌木，
得意扬扬的果树，
早已不知死哪里去了。

我猜她应该过得不好

看见蝴蝶的一只翅膀，
安静地躺在地上，
不知道蝴蝶另外的身体，
到哪里采花去了，
我猜她应该过得不好。

毛巾传奇

一根根丝线，
纠缠在一起，
成为毛巾，
洗过女人的脸，
也擦过女人的身体，
后来堕落成一块抹布，
开始沦落风尘，
最后不知所踪。

吃

人们种庄稼，
是为了吃粮食，
大自然养育人，
是不是为了吃灵魂？

芳 华

看着春天的雨，
我就想流泪，
不是因为惜花，
而是已经错过了，
美好年华。

不 幸

世间的不幸太多了，
你看人们流下的泪水啊，
已经淹没了大半的陆地。

死得不是时候

几年前，
七十几岁的老张，
花光多年的积蓄，
用五六万块钱，
给自己买了坟石和墓地，
定做了一口上好的棺材。

老张死的时候，
国家禁止土葬了，
火花后的骨灰，
装在一个狭小的盒子里，
葬在公墓的时候，
儿子们又花了几万块钱。

老张的墓地上，
乱石堆积，
杂草丛生。
老张的棺材，
放在堂屋里，
落满灰尘。

菩 萨

泥身金饰，
腹中无物，
装菩萨。

不做坏事，
不害人，
不去拜神。

太　阳

在黑暗的尽头，
我慵懒欲眠，
众神扶着我起来。

起来后，
我是一个光明的王，
我不再怀疑，
我是一个幸福的人，
我的光普照世界。

风雨记

有生就有死，
云终究要掉到地上，
摔得遍体鳞伤，
血流成河。

只有风，
永远是孤魂野鬼，
只有我的情人，
永远住在细小的心上。

生 存

为了生存，
你不得不流下屈辱的泪水，
不得不与小丑和烟民，
走在同一条路上。

欠揍的开关

我住过武校的宿舍，
那个宿舍的开关，
你轻轻地开它，
它不亮，
你轻轻地关它，
它不熄，
非得惹你生气，
狠狠地揍它一下，
它才会亮，
狠狠地揍它一下，
它才会熄。

十年我们都在

十年生死两茫茫，
以前从未想过，
大家十年后的样子。

毕业十年聚在一起，
有人瘦了，
有人胖了，
有人儿女成双，
有人单身如初，
有人消失了音信，
有人离开了我们，
只有我多愁善感。

十年风霜写在脸上，
叫一声同学回到青春校园，
回到我们的青涩时光，
谁和谁偷偷恋爱成双。
喊一声老师回到难忘的课堂，
好像昨日的时光，
再次聆听您的教诲，
我看到您多愁善感的泪光。

等十年后，
大家再聚在一起，
我只愿，
杯满酒，
不话离殇，
十年我们都在。

我不出名的原因

读完伊沙老师
新世纪诗典
第八季的序文
我突然也想
找个出名的诗人
来骂骂
好让自己出名

我开始找啊找
找了老半天
却没有找到，
值得我骂的诗人

偶尔也发现个把
可以一骂的诗人
我竟惺惺相惜
舍不得骂他了

所以直到现在
我都还不出名

云

你别看天上的云，
轻飘飘的，
以为它没脾气，
云生气的时候，
脸都是黑的。

两个云要一打架，
那就是电闪雷鸣，
输的那个云哟，
眼泪是千颗万颗地滴，
哭得江河泛滥，
河水决堤。

另外的人

写诗有什么用？
你诗写得好，
能升官发财吗？
人们经常发出这样的疑问。

问这种问题的人，
都是不会写诗的人，
或者只懂写诗的皮毛。

其实，深谙写诗的人都知道，
写诗好像是没什么用，
但写诗是我们另外的身份，
因为写诗，
我们成了另外的人。

酿酒师

生活给我痛苦和悲伤，
我却把它酿成酒，
醉成迷离的诗行。

青春的痛

每个人的成长，
都要经历青春的痛，
经历青春的迷茫，
容易被蝴蝶和野花，
引入歧途。

蓦然回首的时候，
才发现，
青春的列车，
已经驶远了。

我们只能在原地，
抱头痛哭，
悔不当初。

最后只能说服自己，
与现实苟且，
偶尔想起青春的梦，
已破碎，
像大地干裂的样子。

我已经把你爱了

时时准备自己的后事，
天天开门迎接太阳，
迎接晨起的鸟语花香。

把没来得及爱的，
好好去爱，
把爱过的，
再爱一遍。

再次牵起爱人的手，
像初见时心动地爱。
再次侍奉自己的父母，
像他们哺育我们一样。
再次遇见陌生人，
要对他们微笑，
他们可能有绝望的人，
正想怎么离开冷漠的人间。
再次捧起自杀诗人的诗歌，
便对人间感慨良多，
我也可能随时会死去，
我已经把你爱了。

人生的路

人生的路啊，
我们都知道，
有终点，
但却不知道，
距离有多远。

长路漫漫，
什么时候都可以开始，
为时不晚。
什么时候都可能结束，
人生短暂。

我是诗氓

这个出来称诗人，
那个出来称诗人，
凡是分了行的人，
好像都是诗人。

还有人恬不知耻，
号称著名诗人，
到处骗吃骗喝，
招摇撞骗又装×，
却没人知道他的诗。

在大家都是诗人的时代，
我只想做一个诗氓，
认真地写自己的诗。
至于喻森蝶会不会成为诗人，
那是历史的事，
我相信，
历史会作出公正的评判，
现在谁也没有评判资格。

现在的很多诗人啊，

不过是酒肉之徒，
名利场上的小丑，
多像历史的灰尘，
风一吹就散了。

而我写下的诗歌，
可能也会沦为历史的尘埃。

我的名字

害怕尘世的路太窄，
挤在人群中与你失之交臂。
又担心人海茫茫，
不知你在哪条路上。

于是我把名字放在网上，
放在你可能路过的每个网站，
放进你可能捧起的每本诗集，
但你始终没有出现。

也许等我死后，
只能把名字刻进墓碑，
继续等你，
等你从远方赶来，
在我的坟前读诗，
说喻森蝶这个诗人不错。

为了等这句话，
不知要在坟墓里盼望多少年，
心急得坟上野草疯长。

不怀好意

我愿意相信世人善良，
但是在我们周围，
仍充斥着骗子和坏人，
不得不多长几个心眼。

就像天空一样，
白天睁着一只大大的眼睛，
晚上却要睁开无数只眼睛，
时刻提防着人类，
怕他们对天空不怀好意。

自画像

我生来矮小，
喜欢堆砌一些诗歌，
希望把自己垫高，
或者砌成自己的雕像。

苦难的答案

老天让我遭受，
这么多苦难，
到底是要让我，
成为怎样的人？
我一直很想知道答案。

游戏和诗

玩游戏的人，
只是追求当下的，
刺激和快乐。

写诗的人，
却要承受痛苦和永恒，
还得面对死亡的终极问题。

不像玩游戏，
死了重按开始键，
又可以屠戮四方。

一切都会过去

一切都会过去，
没有什么要紧的，
痛苦都会过去。
幸福也是，
往往比痛苦溜得更快。

由南京大屠杀想到的

我本不愿触碰这痛处，
这是人类永远好不了的伤疤，
已经有无数人一次一次地撕开它，
将来还会有无数人一次一次地撕开它，
有人喜欢在伤口上撒盐，
有人喜欢把伤口撕裂，
这血淋淋的痛啊，
是国破家亡的痛，
是生灵涂炭的痛，
是民不聊生的痛。

只要有一根弦没绷紧，
只要放松了警惕，
就会有人撕裂人类的伤疤，
这血淋淋的痛啊。

无处安身的红尘

没有一种宗教能使我获救，
没有一处庙观能使我心安，
没有一本书籍能使我明智，
没有一个夜晚能使我沉睡。

我在无处安身的红尘，
只有夜深人静的时候，
才能拥有冰冷的月亮，
照见千年岁月和我。

我走到了人类的尽头

爬到了世界的顶峰，
就没有了神像。
走到了人类的尽头，
就没有了偶像。

我走到了人类的尽头，
我得承受自己的痛苦，
还得承受人类的痛苦，
再也找不到可以寄托的神，
痛苦和幸福都是自己的。

我走到了人类的尽头，
回头看你们在人海中挣扎沉浮，
拿得越多的人沉得越深，
贪婪的人都迷信真主上帝，
抱成一团沉得最深。

我走到了人类的尽头，
想把你们捞出苦海，
但你们不想出来，
我也没有办法，

互伤互害已成乐趣，
你是天下的王，
全世界都欠你的。

我走到了人类的尽头，
便成了人类的异类，
我仍爱着人类。

生　命

生命像香烟般短暂，
点燃了，
不管你吸不吸，
它都在拼命地燃烧，
化为灰烬。

诗 人

人间应有尽有，
我一无所有。

在这富饶的国度，
我注定贫瘠而死。

死后人们举行丰盛的宴会，
为我悼别。

我骨头长出的粮食，
养活了很多人。

致海子

没有名气的时候，
没人出版你的诗集，
你的诗写得多好啊，
有些人读一次就心碎。

没有读者，
你就一次次读自己的诗，
读着读着心碎了。

出名后，
你的诗集一版再版，
各个出版社争相出版，
可是你再也读不到了，
只听到人们在你坟前读诗，
听到人们在远方读诗，
风吹来各种忧伤的声音。

墓志铭

我来过这个世界，
有谁还记得我？
我写下的诗，
又有谁读过？
我爱过的人类啊，
不知现在过得如何。